eleazar venancio carrias

nasceu em 1977, no interior da Amazônia paraense. Publicou os livros *Regras de fuga* (2017) e *Quatro gavetas* (2009), vencedor do Prêmio Dalcídio Jurandir de Literatura, na categoria poesia. Doutorando em Educação na Amazônia, pela Universidade Federal do Pará, e mestre em Educação pela Universidade de Brasília, atua como pedagogo no Instituto Federal do Pará — Campus Tucuruí. Vive em Breu Branco, sudeste do Pará. *Máquina* é o seu terceiro livro solo.

MÁQUINA

eleazar venancio carrias

editora Urutau
primeira edição
2021

O —

editora Urutau

avenida peirao besada, 6 - 2D
36163 poio-pontevedra
(espanha)

rua maestro demétrio kipman, 210,
jardim américa, bragança paulista — sp,
brasil
12902-130

[+55] 11 94859 2426 [brasil]
[+34] 644 951 354 [galiza]

www.editoraurutau.com.br
contato@editoraurutau.com.br

[EDIÇÃO]
debora ribeiro rendelli
[COORDENAÇÃO GRÁFICA]
tiago fabris rendelli
[PROJETO GRÁFICO]
wladimir vaz
[REVISÃO]
juliana palermo
[DIAGRAMAÇÃO]
victor h. azevedo
[CAPA]
victor h. azevedo

dados internacionais de catalogação na publicação (CIP) de acordo com ISBD

carrias, eleazar venancio
C316m máquina / eleazar venancio carrias. - bragança paulista, sp: editora urutau, 2021. 56 p. ; 14cm x 19,5cm.

ISBN 978-65-5900-178-1

1. literatura brasileira. 2. poesia. I. título.

CDD 869.1
2021-4398 CDU 821.134.3(81)-1

elaborado por vagner rodolfo da silva - CRB-8/9410

sumário

para Eidra e Pietra, minhas filhas,
e à memória de Benedito Nunes

Sobre os vossos filhos
— Homem político —
A desventura
Do vosso nome.

E enquanto estiverdes
À frente da Pátria
Sobre nós, a mordaça.
E sobre as vossas vidas
— Homem político —
Inexoravelmente, nossa morte.

Hilda Hilst (1974)

o meu país se move
entre esperança
e desencanto
algo que procuro
e de súbito abandono

Marco Lucchesi (2006)

cadê a revolta?

Adelaide Ivánova (2021)

a máquina

Esta é a máquina:
está diante de você,
mas é preciso imaginá-la.
Sem fechar os olhos,
imaginá-la — tendo o cuidado
de não acrescentar
nada que já não lhe fosse exterior.

Agora aproxime-se.
Ninguém a fabricou,
no entanto ela existe
desde sempre, com todas
as engrenagens, com alavancas
e botões e pinos que tinham
outros nomes, antes que
alavancas e pinos
se tornassem palavras obsoletas.

Teu antigo desejo,
a vontade ancestral,
neste exato momento
depende apenas de ti —
e tudo é a mesma faísca

correndo por trás de díspares
nuanças que te cercaram
a vida inteira. Aqui está a máquina.

Você pode acioná-la.
Não há pré-requisitos, apenas o gesto
demandado pelo tremor sutil
que sobe da terra, quando dela
te aproximas consciente: A máquina.

Trata-se de apertar o botão correto,
como em quase tudo
no que sobrou do que chamamos vida.
Mas de repente você se dá conta:
é a faísca, exterior,
é a faísca — que te faz desejo e dúvida —
que será sugada para dentro da máquina,
fazendo-a engrenar, diligente
na confecção do sonho ancestral.
Agora, você viverá para sempre,
mas não terá desejo algum.

O rosto branco como lápide branca,
você dá dois passos para trás,
e desiste, sem fazer as contas.

arquitetura

Não quero construir nada.
Talvez uma letra de música
da mais vagabunda
para tocar na estrada.

Chegar no meio da vida
sem olhar para trás.
Não quero construir nada
que não, de mim, uma versão
cada dia renovada.

Moro num bairro que não me diz nada.
Para meus vizinhos eu sou o vizinho
que ainda liga o rádio.

Flores que não plantei
enfeiam a frente da casa alugada.
Julguei fizera tudo errado.
Chuva morte erva daninha:
se refaço a matemática,
é tudo dádiva.

Uma perversão, edificar a coisa edificada.
Eu não quero construir nada.
Só transformar em ruínas, todo dia,
o que em mim se faz
parede erguida, nova morada.

a tentação de falar das coisas importantes

Esse assédio intermitente,
esse tropel de cavalos alados
a perseguir teu corpo sobre a motocicleta,
você consegue senti-lo?

Está em tudo o que olhas,
está mesmo na palavra *tudo*.
E você segue, quase diáfano,
a luz amena atravessando teu corpo,
80 km por hora — é isso? —

você vai para o trabalho às seis da manhã.
Nem parece que dormiu mal,
atormentado por uma fé monstruosa,
a grande fé nas coisas grandes.

Teu corpo, entre o céu e o asfalto,
teu corpo estremece ao grito
de uma buzina mal-educada,
estranha ave noturna a grasnar contra ti,
revoltada com as coisas claras e grandiosas.

Rapidamente você se recompõe,
o tropel se apressa e se põe a teu lado,
estás seguro, chegarás seguro ao trabalho.
Durante nove horas te ocuparás
de coisas urgentes. As pequenas coisas
continuarão esquecidas.

À noite, se tiveres a sorte
de ouvir outra vez a ave sombria,
esforça-te para sentir o medo necessário:
pede a teu deus uma fé pequena,
a pequena fé das pequenas coisas.
Pode ser que teu corpo volte a conhecer o sono.

nomear as coisas

De moto não vais para casa:
na minha terra, pode chover dias seguidos.
Sim, tiveste um dia ruim,
mas que tolice, nomeá-lo dessa forma.

Fiquei duas horas ouvindo a chuva
e vi que o mundo funcionava bem.

O problema está em nomear as coisas.
Um nome pode desencadear tristes destinos.
Tanto quanto possível,
evita essa tarefa ingrata.

Se nosso irmão não se chamasse Caim,
teríamos Abel conosco esta noite.
O pai nunca se perdoou por ter
escolhido o nome errado.

No entanto, chuva é um nome.
Essa não passa tão cedo.
Olha: olha sem intenção de estudo:
chuva é um nome que deu certo.

sobre os instantes solares

Você deve ter percebido,
se já foi dos que acordam cedo:
cada manhã tem seu ritmo.

O que quero dizer com isso
é que gosto muito das séries:
equilibram, não existindo.

O que se não há concebido
assim se explica nos dedos:
fora, razão; tato, no íntimo.

O que quero dizer com isso
diria melhor quem planta milho:
cadência lunar: promessa e medo.

Como, diante de mim, o círculo
grávido de sangue, subindo:
sem tirar do lugar, movê-lo.

O que quero dizer com isso
você já deve ter percebido:
se ali te vejo, aqui me excedo.

o velho pai

Vamos, meu filho, o caminho
não é tão longo, se tua
casa permanece.
Parte sem medo de te perderes.
Teu pai plantou nesta terra os pés,
e perdeu uma vida inteira.
Segue sempre olhando para frente.
A tentação maior é levantar a cabeça,
buscando sinais de tempestade.
Todas as estradas te são válidas,
algumas vão encharcar teus
sapatos, e o mais suave dos ventos
pode entupir de areia tuas orelhas.
Quando te cansares do horizonte,
toma uma vereda qualquer, mas
toma-a sem pensar duas vezes.
Para quem anda tudo é destino.
Aos homens e mulheres que encontrares,
dá amor, cachaça e um pouco de ódio.
Um homem que só sabe amar
não é homem, é deus.
Tão distante quanto estiveres,
dá esta honra ao teu velho pai:

gasta tudo o que é teu.
Não faças planos nem negocies
teu orgulho com gente de bem.
Guarda teu riso para as crianças.
Quando tiveres a minha idade,
esquece o que te digo e, se quiseres,
volta para casa.
Só não esqueças que vieste ao mundo
rompendo as entranhas de uma mulher.

a torre

Meu pássaro morre dentro de mim,
ninguém poderá dar-lhe penas novas.
Meu anjo de asas decepadas
morre grudado em meus ombros.

Meus amigos estão doentes tanto quanto eu.
Com muita dificuldade subimos a montanha,
apenas para saber do abismo intransponível.

O mapa prometia leite, pão e água limpa.

Longe, vejo uma multidão de homens agitados.
Mal os diviso, mas parecem
empenhados em construir uma torre.
"Impossível negociar com eles,
falam todos a mesma língua" —
chega correndo um menino,
a avisar-nos, gritando.

Negociar. Mas até para isso
precisaríamos ter pontes.
Meu pássaro doente,
meu anjo de asas decepadas.

Estamos de pé e vemos a torre.
Aos debilitados, talvez seja caminho
o abismo.

a coisa

Há uma coisa suspensa
na massa escura.
Ora atravessa o céu
ora atravessa a rua.
— Não a nomeie.

Contaminava, há um segundo
as conversas no bar.
Assoma à sua janela,
agora ar fresco e fecundo.
— Não o respire.

Some e reaparece
em calendários, telefonemas.
Diz que ouviu sua prece
e já bate à sua porta.
— Não a atenda.

câncer

Nunca diga a palavra nunca,
você dizia.
Acenda um cigarro
engula o escarro
assopre a espuma mas nunca
nunca use a palavra nunca.

Algumas vão escapar
pelas pontas dos dedos
algumas vão grudar em você
outras vão cair
e despedaçar.
Você se mantém impassível,
são apenas xícaras.

A velhice não chega para todos,
essa é uma verdade feliz.

Posso ouvir sua voz no fundo do vídeo,
tínhamos cigarros e ríamos de tudo
brincávamos de horóscopo
mas evitávamos a palavra câncer.

A velhice não chega para todos —
essa, a verdade mais triste.

Nunca trate mulheres
como xícaras nunca
nunca espere a cura
nunca ame depois
nunca despreze a palavra nunca.

Você morreu aos trinta
com um tiro na nuca.
Mas evitávamos a palavra câncer,
não foi nossa culpa.

sobre mães e plantas

Dizem que samambaias
são mais antigas
e resistentes que nossas mães.
É mentira. Tua mãe
te espera desde eras
glaciais, na varanda
abandonada, na xícara
onde tomaste teu último
café. No espelho que refletiu
teu cabelo antes da partida.
Se ela mantém a porta
fechada nos dias de sol,
é para não ofuscar
o brilho que ficou de teu
rosto quando lhe disseste:
fica assim não, mãe,
logo logo eu tô de volta.

café

Daqui a trinta anos estarei
sentado na varanda de uma casa com varanda,
segurando uma caneca de café sem estar muito certo disso
mas olhando a luz da tarde como quem ouve um depoimento
[inatacável,
como quem ouve a luz enquanto bebe café,
como quem fuma um cigarro e bebe café,
e nesse exato momento
me surpreenderei tendo imenso orgulho de mim,
como quem se orgulha de ainda poder se surpreender,
como quem se orgulha de,
ao chegar num cruzamento de veredas,
ter feito a escolha certa
quando tudo dizia que eu voltasse, e eu,
de teimoso, fui,
e só porque fiz essa escolha
o meu café tem esse gosto que independe do peso da caneca.

um método

Cultivar esperanças,
observar seu crescimento e,
então, matá-las.
Como queria o Apóstolo:
esperar contra a esperança.

razão do sabonete

O poeta cansou da esperança,
cansou do diálogo. É ator
de monólogos num teatro vazio.

O poeta não conversa mais,
não tem ideias, não quer dialogar.
Prefere três tapas fabulosos
na cara do inimigo.

O poeta é um descrente no Deus
dos homens de boa vontade.
É um herege de cujo
predicado se orgulha.

O poeta é um criminoso das
palavras bem colocadas.
Resvalou para a idolatria dos objetos.
Não consegue quebrar essas xícaras,
quanto mais virar a mesa.
No entanto, está aí.

Até quando protesta,
é seu umbigo a grande causa.

E veja, que vergonha,
um buraco sujo negligenciado
nas poucas vezes que toma banho.
Já não faz o próprio café,

mas fuma como um desgraçado.
O poeta não tem moral,
deve no banco mas defende
o pivete que lhe rouba
o celular na esquina.

Um herege um criminoso um inadimplente.
Um comunista bêbado.
Que coisa imoral é o poeta.

história de um corpo

Desconhecias os mitos:
o mundo se punha claro diante de ti.
Havia peixes nos rios
e um coro de macacos
para encerrar o dia.

Teu corpo era o único mistério
e o investigavas com teu vizinho
até que foram flagrados
por tua irmã, que advertiu:

é pecado. O resultado
era um palpitar momentâneo
imediatamente resolvido:
negociavas com tua irmã os teus pecados.

A cidade era um baile exótico.
Em vez de aguçar os sentidos,
paralisava tua imaginação.

Levou muito tempo para perceberes:
o mal-estar instalou-se
quando deixaste de cagar no mato.

vergonha

Descubro, aos 39 anos,
que a vida é bonita.
Que a situação de abuso
vivida aos seis anos
só não me deixou dodói
porque pensei se tratar
de uma brincadeira.
Descubro que, primeiro, deveria
ter aprendido a escrever sonetos.
Quando meu avô pediu
"não me levem para o hospital",
devia ter entendido
que ele só queria
a decência de morrer em casa.
Que negar a si mesmo
é a maneira mais triste
de negar a Deus.
Eu me neguei durante três décadas.
Descubro que fazer listas é melhor que cerveja.

gênesis

Tinha seis anos quando aconteceu.

Passou o resto da vida
querendo voltar para o útero da mãe.

meus ombros não suportam o mundo

Tenho apenas um olho
e os sonetos brancos de Murilo Mendes.

ótica

Bonito e cheio de paz.
O amor é uma cidade
vista de longe.

agricultura

Eu, que cultivei relâmpagos,
sei o quanto a luz pode ferir.

o eleito

Gozo e rezo com a mesma devoção —
um coração tão grato
que Deus não resiste e perdoa,
enternecido
de eu não sentir
nenhuma culpa.

fruta esquecida sobre a mesa

Falar das coisas como se de mim,
ou:
falar de mim somente por meio das coisas.

Ou melhor:
falar sem linguagem.
Só de vê-las ou tocá-las, falar.
Pensar alternâncias sem isto: ou.

Liberdade que não demanda escolhas.
Nenhuma assimetria: todavia e já:
confusão diluída.

A liberdade sem escolha: talvez.
Talvez Albert Camus.
Fruta esquecida sobre a mesa.

desejar o país fabuloso

Qual o problema
em ser triste?
em tua República
de realidade,
a tristeza é tudo
que existe.

babilônia

Babilônia não fica longe.
É nela que habito
desde que você partiu.

Não há exílio maior
do que percorrer a casa
com uma cadeira vazia
atravessada no peito.

era pra ser um poema para david le'aupepe

Dizem que a Islândia fabrica
o melhor peixe enlatado do mundo.
Eu nunca estive lá, mas tudo bem,
porque também nunca estive na Austrália,
na Islândia sim, eu viajava
ao longo daquela longa estrada que
corta os campos abertos e luminosos da ilha,
mas de repente parei e, não sei por quê,
seguia a pé, margeando
a longa estrada e vendo o céu islandês
se impondo sobre os campos abertos
de repente não tão luminosos porque
de repente eu vi dois corpos meio cobertos,
dois corpos na beira da estrada,
mulher e homem abraçados, nus,
cobertos apenas por uma fina camada de neve.
Tinham a pele translúcida e, por baixo,
grossas veias azuis.

Nunca mais comi peixe enlatado,
embora, sei: sempre amarei a Islândia.

ms802

Um avião desaparece
no mar Mediterrâneo.
Ainda não é certo
se desapareceu
no mar Mediterrâneo.
Decolou de Paris, isso é certo.
Talvez devêssemos dizer apenas:
um avião desaparece acima
do mar Mediterrâneo.

Levava 66 pessoas.
O mar permanece intacto.

evitava as grandes questões

como recomendam as Escrituras.
Lia e relia o *Diário póstumo*,
e se lhe reacendia
aquele misto de raiva
e inveja de Eugenio Montale.

Era uma injustiça
tanta beleza e fugacidade
eternizadas no papel
Chamois Fine
80g.

micróbio

Tinha uma esperança grande, redonda.
Um dia apareceu uma dor pequenina,
um micróbio.

Não deu importância, ela foi ficando e,
sem que ele percebesse, a dorzinha
roeu-lhe a esperança pelas bordas,
o círculo ficando cada vez menor.

Até que, onde havia esperança,
restou só um ponto cinza,
um buraco de agulha:
para onde a dor escorregou
e não consegue mais sair.

homem à noite

Do quarto alugado
no terceiro andar
você vê a noite do país.
Sob a paz ociosa
muitas crianças
dormiram sem jantar
e, nesta rua mesmo,
uma mulher desempregada
apanha do marido.
Que mundo injusto, você diz,
e fecha a janela.
Ao amanhecer,
você e esse homem
tomarão o mesmo ônibus
no caminho do trabalho,
e a noite do país
pesará inteira
sobre seus olhos.
Então você lembrará:
não faz muito tempo,
alguma luz habitava
as noites do meu país.

Que sentimento estranho,
desejar a luz
que não mereceu
tua coragem.

santidade

Meus erros trago-os comigo.
Com eles me cubro
de fina e pegajosa escama,
entupo orelhas
visto meus pés
faço uma auréola para o prepúcio.

Então saio na rua
como quem acabou de tomar
banho depois de rezar muito.

Por onde passo
vejo fármacos e advogados.

Percebem o mau disfarce
e me oferecem ajuda,
sabem que estou nu.

No entanto, estou
completamente coberto.

A cidade ferve de gente correta
faz 36 graus

mal posso respirar.
Não fosse meu manto de erros,
estaria coberto de medo
e, meu pai, coberto de vergonha.

protopoema

Imersos na tarde secular,
grandes homens de boa vontade
puxando cordas rústicas e grossas
tentam trazer o céu à Terra.

Do ponto de ônibus, Deus observa,
puxa um cigarro — acha graça.
Mas não consegue disfarçar
o brilho triste
há muito cristalizado na retina.

protopoema 2

Uma orquestra desmoronando
um batalhão que de repente se ajoelha
um navio em chamas, afundando
uma nuvem de pássaros contra a vidraça
manada de búfalos na curva da estrada
úmido planeta que saísse de órbita
um deserto mudando de lugar —
um império que desaparece
sob a cartografia enrugada.

três armas à mão

Eu tive três armas à mão
e escolhi um escudo
eu tive a noite e tive o dia
e escolhi fechar os olhos
eu tinha a febre e tinha o grito
e escolhi ficar mudo
eu tive a ponte e o abismo
e escolhi este muro.

Tanta equivocada justiça
tantos fogos de artifício
tanto olhei o horizonte
não vi esta hera subindo
de terra e de sangue, sedenta
distraiu-me com a violência
de seu exército obscuro
a uma distância segura.

Não vi esta hera subindo
não vi que comia o muro
eu tive três armas à mão
agora comeu minhas pernas
distraiu-me com violência

apodreço lentamente
a uma distância segura
apodreço, e isso é tudo.

[posfácio]
o que reverbera dentro/fora desta máquina

Termino a leitura deste livro e conto o que dele em mim reverbera. Talvez seja aquilo que em você também coincida — ou não —, já que a leitura da obra de arte é um exercício da autonomia e da subjetividade única que nos constituem, a cada uma (um) de nós. É nesse sentido que a obra de arte colabora para a consciência do ser/estar no mundo, da cidadania, uma vez que no contato de uma pessoa com o conteúdo artístico a autoria não se impõe autoritária, mas transita entre quem cria e quem cocria. A minha leitura está inevitavelmente tomada pelo meu mundo que encontra o mundo do poeta. A leitura aproxima, no mínimo, dois mundos. Não saímos ilesos do trânsito.

Sempre me intrigou a máquina do mundo e, quando descobri que eu fazia parte das engrenagens, que nada escolhi, que quando nasci tudo já estava pronto sem minha permissão, confesso que foi dos meus primeiros estarrecimentos. Agora me deparo com *Máquina*, de Eleazar Venancio Carrias, que contém uma máquina para ser imaginada, ao mesmo tempo que descrita como é. Cá estou no paradoxo que me leva a questões ontológicas. Como um Hamlet existencialista, o poeta indaga: ser ou existir? Ser peça de uma máquina fatal, peça inominada, ou reivindicar um nome? O desejo ancestral na encruzilhada, o antes do "mal-estar da civilização", encontro de vida e morte com a vida.

Concordo com as perguntas do poeta, para algumas tenho mais respostas do que coragem, mas a poesia não está nem aí para o nosso conforto, a poesia incomoda. Fazer parte da máquina ou boicotar a máquina? Viver como um protesto: "*Não quero construir nada./Talvez uma letra de música/da mais vagabunda/para tocar na estrada*". Também quero aceitar a construção apenas como um construir-me, quero me construir desconstruindo, mas a máquina deseja apenas que eu repita gestos e modos que não coloquem em pane seu funcionamento. Enxerga o mundo? O vizinho "que ainda liga o rádio" questiona, mas não deixa de nos contar as imagens de amor que encontrou na estrada.

Reverbera em mim este assunto que a literatura tem trazido, rompendo o silêncio no ampliar das vozes: o abuso sexual infantil, pois é preciso dar nomes às coisas, o nome certo. É preciso também abandonar a pressa de se rotular. A poesia nos pega pela mão, no meio da beleza, e nos diz que rótulos podem definir quem mata e quem morre, o opressor e o oprimido: "*Se nosso irmão não se chamasse Caim,/teríamos Abel conosco esta noite./O pai nunca se perdoou por ter/escolhido o nome errado*". É denúncia e vontade de parar essa máquina, de emperrá-la dizendo do amor e da liberdade que a enfrentam. Ela mesma — a máquina — sabe que poetas não podem habitar a República.

Terminei esta leitura pensando na poesia que observa o mundo, feito as gentes da terra que plantam, olham a lua, conhecem suas fases, retornam a uma ancestralidade que soube viver em outro tempo, mas que também questiona. Quero alguma asa para meu pássaro interior, quero os conselhos de *O velho pai*, quero estar atenta mesmo não dizendo a palavra câncer e gozar livre da máquina. E, se eu tiver alguma inveja, que seja a mesma de Eleazar

Venancio Carrias. Quero ter inveja da lucidez de Eugenio Montale, o poeta genovês que planejou seu *Diário póstumo* para depois de si. Quero ter inveja de alguém que acreditou na morte e trapaceou com ela. Por isso, cito os versos de Montale:

"A cada dia, uma revolução
nas estações, nos povos, nas ideias.
Todas as decisões são transferidas sine die.
Nada mais é estável, a não ser alguma canção
repetida sob todas as bandeiras.
O que se vai salvar, deste aguaceiro,
não se sabe. Talvez depois de tanto estrago
até mesmo a palavra acabará no brejo.
Resta-nos apenas a esperança de que algum
anacoreta destile resinas douradas
dos troncos emurchecidos do saber". *

Adriane Garcia
Poeta

* MONTALE, E. (2000). Diário Póstumo. Tradução: Ivo Barroso. Rio de Janeiro: Record.

■ primeira edição
■ dezembro de 2021